Sandrine-Laure
REBILLET.E

AF143286

ET JE DIRAI A
MES FILLES ...

A Léa et Claudia, mes filles
A Laurent
A Gilbert REBILLET, mon parrain
A Thomas BRAUN, mon oncle
A Susan et Marie-Christine REBILLET,
mes tantes
A Marie-Laure, mon amie depuis le sacre de
Charlemagne
A Eric DELOST, mon cousin
A Madeleine CASANOVA. Mon Ange-
Gardien

*A Isa, Alain, Bader, Patrick B. , Franck,
Myriam, Patrick H., Marie-Odile, Nasser,
Christian, Kiki , Valérie, Charlotte et Ludo,
Coco, Joséphine, Géraldine, Ahmed,
Séverine et Flo, Laetitia, Manue, Kenny-
notre base , Jean-Marie, Thibaut et Flo.
Et enfin à ma seconde famille avec une
mention spéciale pour mon Guigui et son
humour à deux balles…*

*A vous tous qui m'avez accompagnée de près
ou de loin*

Les petites filles ne naissent pas dans les roses, elles sont des roses... Une fleur fragile et solide à la fois.

Elles disent bien souvent "Papa" avant de prononcer "maman". L'attirance déjà.

Cette attirance fatale et inconditionnelle pour l'autre sexe.

Les petites filles rêvent d'épouser leur père.

Elles ont à peine 3 ans que déjà, elles jouent " au papa et à la maman"...

Le premier petit amoureux, elles le rencontrent sur les bancs de la maternelle.

Généralement, elles sont très entreprenantes.

Les petits garçons sont bien souvent dépassés par les débordements d'affections de ces petites chipies. Elles apprennent très vite, trop vite, qu'elles ne sont pas nées dans une rose.

Elles savent, par Dieu sait quel bruit de couloir qu'elles viennent du ventre de leur maman et qu'elles sont le fruit d'une sorte de long baiser sur la bouche échangé une nuit chaude et sensuelle entre leurs parents.

Un beau soir d'été, elles sont capables d'annoncer à leur Papa que "c'est la première fois qu'elles aiment un homme plus que lui".

Elles ont 10 ans, et l'homme a 12 ans et suce encore son pouce. Mais il l'aime aussi, il le lui a dit en jouant à "La Gamelle" au bord de la piscine.

" La Gamelle", c'est un jeu très élaboré qui se joue l'été à la nuit tombée et dont les parents ne peuvent comprendre les règles.

Toujours est-il, que ce divertissement autorise toutes les audaces. Ainsi les hommes de 12 ans peuvent en l'espace de quelques soirées retourner les sens de nos Princesses.

Nous, les parents, on ne se doute de rien. Nous refaisons le monde autour d'un verre de rosé bien frais.

On ne peut imaginer qu'une armée d'hommes de 12 ans est sur le point de nous rendre insomniaques. Dès qu'elles aiment un homme plus que Papa, les soucis s'invitent à la maison. L'air rêveur, presque idiot de la princesse amuse maman. C'est le début de la solidarité féminine. Pour Papa le cauchemar commence. Papa s'arrache les cheveux, enfin quand il lui en reste...

Il est parfois très compliqué de faire comprendre à Papa que c'est la juste continuité et que sa petite fille chérie est tout simplement en train de devenir une jeune femme désirable.

La machine à aimer, à donner, à souffrir aussi parfois est lancée.

Je suis fascinée par ces sentiments qui lient les êtres entre eux. Et les relations entre les femmes et les hommes sont depuis ma plus tendre enfance ma source d'inspiration.

Mon premier amoureux, se prénommait Nicolas, il était adorable.

Nous avons, pendant, une récréation, échangé un baiser furtif, nous avions 6 ans.

A l'adolescence, j'ai retrouvé Nicolas.

Nos baisers sont alors devenus humides et langoureux et nos caresses maladroites mais emplies de plaisirs.

Devenue adulte, il m'arrive encore de me rappeler avec nostalgie le regard bleu de mon premier ''homme''.

LES HOMMES DE MA VIE

J'aime les hommes, tous les hommes.

Ce n'est donc un secret pour personne...

Et je le revendique.

J'ai toujours eu beaucoup plus de copains que de vraies amies...

Les femmes me font peur...

Je déteste leurs jalousies et leurs minauderies... Je connais sur le bout des doigts le jeu perfide des manipulatrices en tout genre.

Depuis que j'ai écrit sur la maladie, je n'ai jamais croisé autant de femmes atteintes de pathologies imaginaires.

Des femmes souffrant de ''maladies'' qui ne sont que d'insipides filtres d'amour.

Je méprises les menteuses qui jouent ''la brave crème gentille'' alors qu'elles sont aussi pourries qu'une pomme tombée de l'arbre.

Mes copines, mes confidentes, sont comme moi, des femmes qui avancent avec leurs blessures, leurs tripes, leurs émotions, leurs forces, leurs faiblesses et leur sac à dos.

J'ai aimé chacun des hommes de ma vie avec toute la justesse dont je suis capable...
Amis, Amoureux, Compagnons, Potes, Parents, Mes hommes, Mon "Gros-père", Papa, Mon frère, Mes oncles…

Stéphane, mon tout premier battement de cœur et nos premiers baisers interminables...
Et Stéphane parce que après toutes ces années, il est encore et toujours mon ami...

Mickael, mon bel et tendre amour au pays des anges...

Micka, que je n'oublierai jamais, parce qu'il est inoubliable...

Micka... Mon premier cri de douleur... Ma blessure …

Sébastien, le père de mes filles...

Parce que justement il est le papa de Léa et de Claudia...

Notre cohabitation improbable n'a laissé de place ni à la rancune ni à l'amertume...

Séb, mon pote d'avant et de toujours avec ses défauts mais aussi ses qualités qui ont fait que nous avons élevé nos filles dans l'harmonie et la tendresse.

J'ai oublié ceux qui n'ont fait que passer... J'aime les hommes ... Ceux qui me laissent un gout inoubliable par leurs forces...

Leurs engagements...

Je hais les lâches, les menteurs, les manipulateurs et les "couilles molles"...

Et puis, bien-sûr celui avec qui je rêve aujourd'hui de partager mes nuits et mes jours... Celui à qui je dois mon sourire de ces derniers mois... Celui qui a su me réapprendre la patience et la tendresse... Cet homme formidable qui a su me redonner l'envie, cette envie folle d'avancer de nouveau à deux sur le même chemin.

L'envie aussi de s'abandonner sans réfléchir en pleine confiance, avec au ventre le sentiment que rien ni personne ne pourra briser ce bonheur.

Et lui, lui qui nous a fait tant fait pleurer maman et moi. Lui que je ne connais pas, ou si peu… Ou si mal. Et pourtant, il est mon père. Mon père biologique. . Je lui en veux tellement.

J'aimerai qu'un jour, il soit seulement digne de la passion que lui vouait ma mère et qu'il réponde enfin à mes questions.

Aucun homme sur cette terre, n'a le droit d'abandonner une femme qui porte en elle le fruit de leurs amours. Mon géniteur n'a pas eu d'état d'âme. Il s'est contenté de mentir et de fuir et de continuer sa vie en feignant d'ignorer que quelque part, une petite fille grandissait en appelant un autre ''Papa''. Je déteste avouer que l'homme dont ma mère était folle amoureuse était le roi des salauds.

A vingt ans à peine, maman le trouvait beau et drôle.

Il était très méditerranéen, très brun, très grand, avec un regard sombre à damner une vierge. Il traversait Paris, avec sa guitare sur le dos et son sourire en guise de piège.

Il parlait, beaucoup, beaucoup trop. Et il mentait sur tout, y compris à propos de son épouse et de l'enfant qu'il avait déjà. Il a officiellement demandé la main de maman à mon grand-père. Toute la famille était sous le charme… Il était tellement brillant... « Gros père », le surnommais affectueusement '' le Métèque ''

La vérité a éclaté une nuit de Noël… Le bellâtre s'était envolé…

Ce n'est qu'à l'âge de 18 ans que mes parents m'ont avoué la vérité quant à ma naissance, alors très logiquement, j'ai souhaité le rencontrer.

J'ai tendu la main à plusieurs reprises, par curiosité dans un premier temps, et puis par intérêt parfois.

J'avais besoin de savoir.

Il ne mérite ni mon affection, ni celui de mes filles.

Je n'ai jamais osé dire à ma mère que son Prince d'antan était un monstre…

Il a même eu des gestes et des paroles douteuses… Incestueuses… Rien ne l'arrêtait.

Il était machiavélique.

Alors, quand Maman a su qu'elle était condamnée, elle m'a demandé de le faire venir, une dernière fois.

Je ne savais pas comment lui raconter que son beau ténébreux avait voulu faire des choses bizarres avec moi…

Qu'une nuit d'été, ses mains se sont baladées sur mon corps de toute jeune femme. Je sens encore son souffle court dans mon dos. Comment trouver les mots pour expliquer à ma mère mourante ce que je qualifiais d'inexplicable.

Donc, j'ai menti, et j'ai dit à maman que son grand amour était mort. Elle a beaucoup pleuré… Pauvre petite Maman…

Quelques semaines après son décès, j'ai reçu un message qui me glace encore :

''J'ai envie de te caresser et sentir ta peau…''

Les condoléances de l'ordure…

Je ne suis pas certaine de pouvoir un jour puiser en moi la force de pardonner à cet homme.

Je pense qu'il a beaucoup influencé mes rapports à la gente masculine.

Eternelle amoureuse, je mets du temps à me donner. J'ai besoin d'amour et de confiance.

PERVERS NARCISSIQUES

’’REGARDE TOI ’’ est sorti en France le 11 avril 2015.

Mathieu, l'homme qui partageait ma vie, m'a menée une vie impossible. Jaloux de ma notoriété naissante et du succès potentiel du livre, il m'a interdit toute séance de dédicace et toute forme de promotion.

J'ai fini par comprendre que l'homme que j'avais tant aimé était une sorte de ’’pervers narcissique’’ cruel et dangereux.

Ma relation avec Mathieu a débuté en novembre 2012, il était l'un de mes plus anciens amis d'enfance et d'adolescence.

Au départ, j'ai eu l'impression de vivre un conte de fée. Il était tendre, attentif et amoureux.

Puis en janvier 2013, je suis tombée gravement malade, et il s'est transformé en une sorte de monstre sans limite et sans pitié.

Très vite, ma famille a pris cet égoïste en grippe, refusant de lui communiquer toute information concernant mon état de santé.

Mes amis le fuyaient comme la peste. Je ne voyais rien, je ne voulais rien entendre. Je subissais en silence sa tyrannie destructrice.

Il exigeait tout de moi… Mes relevés de comptes, mes codes d'accès internet.

Son appétit sexuel était celui d'un animal en rut

Si je me refusais à ses piètres caresses, il m'abandonnait en pleine nuit… N'importe où, n'importe comment.

Faire l'amour ou seulement échanger un simple baiser, m'était devenu insupportable.

Mathieu est un menteur chronique, éternel complexé, il a un besoin vital de séduire toute sorte de femmes pour se rassurer et satisfaire son égo.

En juillet 2013, lors de l'une de nos nombreuses ruptures, il s'entiche d'une Pat-Marmotte qu'il appellera son "flirt". Je ne pardonnerai jamais ce premier coup de canif dans notre relation. Il a cavalé après cette femme pendant presque sept mois. Elle s'est moquée de lui, lui a emprunté de l'argent et n'a jamais eu l'envie de le prendre pour amant.

Il me revenait chaque fois qu'elle le jetait… C'était pitoyable.

Je ne me rendais compte de rien.

En février, il a fait travailler à la ferme, Odile, l'épouse de l'un de ses meilleurs amis.

J'ai vécu pendant des mois un véritable cauchemar.

Comme chaque fois qu'il a un coup de cœur, cet idiot est tombé dans l'extrême… Les Sms, les conversations sur internet, et en prime les photos de son sexe en érection.

Il avait le droit Mathieu de se livrer à tout ceci. Parce que par définition, le "Pervers Narcissique" a tous les droits.

A peine Odile congédiée, c'est Pat-Banquise qui a pris la relève. Une horrible petite roulure de 22 ans, maquillée comme une voiture volée.

Il a harcelé cette jeune fille à coups de SMS et de messages privés sur le célèbre réseau social.

Il lui raconte qu'il la désire et qu'il l'aime. Avec le recul, je m'aperçois que cette petite gourde m'a rendue un grand service. Grace à sa bêtise et à sa méchanceté j'ai enfin ouvert les yeux.

J'ai fini par me révolter et mépriser cet homme qui avait pris mon cœur en otage.

Je l'ai enfin regardé et j'ai vu un monstre… Un monstre d'égoïsme et de mesquinerie. Un être machiavélique et dénué de tout sentiment humain. Mes médecins disaient de Mathieu qu'il était ma quatrième pathologie.

Du jour où notre histoire est arrivée à son point final, j'ai réalisé ses mensonges et ses manipulations et comme par enchantement, mon état s'est amélioré chaque jour.

Depuis cet homme, je sais que les ordures ne sévissent pas que dans les mauvais films…

Mathieu aurait dû être ma plus belle et ma dernière histoire d'amour, il restera à jamais ma pire expérience…

Jamais un homme ne m'avait fait autant de mal. Jamais je n'avais connu autant d'humiliations et de brimades en tout genre.

Avant lui, j'ignorais la notion de '' pervers narcissique''.

D'avoir voulu finir mes jours avec ce monstre, je sais à présent de quoi sont capables ces malades dangereux.

Le pervers narcissique procède par différentes étapes pour mettre en œuvre la manipulation mentale. Il essaie de créer un lien avec autrui, et s'attaque à « l'intégrité narcissique » de ce dernier .Il attaque la confiance de soi et l'auto-estime d'autrui pour créer un lien de **dépendance** de l'autre envers lui. La manipulation consiste à faire croire que le lien de dépendance procède de la victime, non de lui. La victime d'un pervers narcissique est traitée comme un objet

Mathieu passait sa vie à m'humilier, me tromper, me mentir… Il colportait des horreurs sur moi uniquement dans le but que les gens me détestent.

Il passait son temps à critiquer mes amis, ma famille tout ce que j'entreprenais. Il me faisait un perpétuel chantage affectif et se posait en martyre à l'extérieur. Son oreille favorite restait bien entendu l'abjecte Josiane et ses filles de 16 ans à demi analphabètes. Il avait besoin de cette cour afin de se convaincre qu'il agissait normalement. Il se gardait bien de parler du calvaire qu'il me faisait endurer.

Je serais curieuse de savoir s'il a avoué à ses amis, à ses enfants, à sa mère, avoir harcelé Odile et cette môme de 22 ans avec l'insistance d'un malade mental.

Curieuse aussi, de savoir s'il a avoué qu'il souhaitait avoir une relation sexuelle avec ma fille de 20 ans. J'aurais fait n'importe quoi pour vivre auprès de cet homme, il a mis mon cœur en morceaux avec une indifférence et une cruauté incroyable.

Il est incapable encore aujourd'hui d'admettre qu'il doit se faire soigner et consulter un spécialiste du comportement.

Mathieu est dangereux pour lui et pour les autres.

Se sortir des griffes d'un pervers narcissique est une épreuve terrible.

Chaque fois que je trouvais en en moi la force de m'éloigner, il trouvait n'importe quel prétexte pour me contacter, tantôt blessant, tantôt flatteur mais le résultat était toujours le même, je revenais.

Ainsi, à la minute à laquelle il me sentait de nouveau vulnérable, il redoublait de méchanceté et se livrait à son jeu préféré : M'humilier.

J'ai compris depuis ; que s'il parlait de ma santé, il ne pouvait plus se faire passer pour un homme incompris.

Mathieu puise chez les autres ce dont il est totalement démuni : La joie de vivre, la réflexion et la bonté.

Il s'approprie les bons mots et les bonnes actions des uns et des autres.

Il a besoin d'être devant … Il a besoin qu'on le plaigne… Qu'on le prenne en pitié… C'est sa vie… Sa façon d'être… Sa pitoyable façon d'exister.

De lui, je garde le gout amer de l'amour qui tue et j'ai envie de dire à Mes Filles :

L'amour... Celui qui use, celui qui tue jours après jours... Celui qui arrive les bras chargés de présents empoisonnés...

Celui qui envoie des mots d'amour comme autant de coups de couteaux.

Celui que l'on prend comme un don du ciel sans savoir que se referment alors les lourdes portes de l'enfer. Un enfer qui détruit jours après jours. Après le décès de vos grands-parents j'étais tellement fragile...

La maladie qui me rongeait ne me permettait pas de réagir. J'ai ouvert mon cœur et mon lit au prédateur, qui dans l'ombre attendait son heure...

Aujourd'hui, je me demande encore, comment j'ai pu accepter...

Accepter ces nuits où je hurlais ma douleur... Ces nuits où j'aurai donné ma vie pour qu'il admette enfin que son attitude était intolérable. J'ai tout supporté... Ses trahisons, ses mensonges... Ces femmes à qui il racontait n'importe quoi... Ses victimes potentielles...

Très vite; notre famille a parlé de " Pervers narcissique"...

Je ne savais pas... Je ne connaissais pas ce terme barbare... J'étais convaincue que je le changerais… Que la victime, c'était lui. Qu'à force d'amour, de tendresse, de caresses et de patience, je parviendrai à le rendre humain et qu'enfin nous pourrions vivre heureux…

Il m'a fallu des semaines, des mois... Presque trois années pour comprendre que ma douceur ne changerait rien...

Mes mots réconfortants et mes doigts dans ses cheveux les soirs de tempêtes n'ont rien changé...

La violence m'est devenue insupportable... La violence de ses mots, celle que je n'oublierai jamais... Celle qui fait cent fois plus mal qu'un coup de poing dans la gueule... La violence de ses actes... Ces soirées, ces nuits, ces week-end ou il m'abandonnait. C'était ma punition pour avoir osé dire "stop"...

Le PN rend lâche...

Je n'avais plus l'envie de me battre... je disais "oui" à tout pour ne pas le provoquer.

Il me disait que je n'avais aucun talent, alors je n'écrivais plus. Il me disait que promouvoir " Regarde Toi", c'était l'abandonner...

Alors, je restais cloîtrée chez moi pour ne pas réveiller le "volcan".
Mon bel amour s'est avéré être un monstre... Un monstre d'égoïsme...Il m'a fallu des mois de souffrances terribles pour mettre fin à cette parodie de relation.
Il a fallu que ses caresses...

Même ses caresses me fassent mal... On ne se remet jamais vraiment de cet enfer... Etre l'éternelle coupable... Aujourd'hui, grâce à mes médecins, à mes proches...Je reste le plus loin possible de cet homme qui a mis mon cœur et ma vie en morceaux dans le seul but de me regarder souffrir…

Sa phrase culte était :
:
" Ah !!! Elle est belle l'écrivain... Tu t'es vue ma pauvre Sandrine ?"

Se reconstruire... faire confiance... Ne plus avoir peur... S'abandonner... Réapprendre tout simplement...
Parce qu'aimer est ma nature et que la douceur et la tendresse sont mon emprunte… ça au moins, il ne me l'a pas volé…

LA MALADIE, MA MEILLEURE ENNEMIE

Il y a ce jour où tout bascule. C'est comme un mauvais rêve, l'impression que tout va s'effondrer.

Il m'est très difficile de mettre des mots sur ce que j'ai ressenti ce matin-là. Une sorte de douleur dans la poitrine, une énorme boule dans la gorge. Mais plus de larme et plus de cri. Je me souviens de la main de mon médecin sur mon épaule.

Je n'aime pas particulièrement les démonstrations de tendresse, mais je serrais sa main de toute la force qu'il me restait.

Ces quelques semaines sont gravées dans ma mémoire à jamais.

Ces quelques semaines où je n'avais plus rien de la femme que je suis en réalité.
Je ne répondais plus au téléphone.

Je n'avais rien à dire...

Y avait-il seulement quelque chose à dire ?

Appeler au secours... Appeler qui ? Quand?

A quelle heure?

Certainement pas la nuit quand je hurlais de douleur. Tout le monde préparait Noël et je descendais en enfer. Le pire était de recevoir des vœux de bonne année et de bonne santé. "Oncohématologie"...

Quand on entre dans ce service, on réalise la gravité de la situation, enfin non, on ne réalise pas, on prend la réalité en pleine gueule. Deux solutions s'offraient à moi, refuser la fatalité ou bien toucher le fond, sombrer et ….

Mourir.

Je pensais à mes deux filles, aux larmes de Léa, aux sanglots que Claudia me cachait.

Et peu à peu, jours après jours, nuits après nuits, j'ai livré le combat de ma vie.

Un peu à la façon d'un boxeur qui en prend plein la tronche et qui se relève. Aujourd'hui, mes médecins me surnomment "la miraculée"... Je ne crois pas aux miracles, j'ai cru en eux surtout et en moi un peu. Le combat n'est pas fini... Il y a le protocole, les transfusions, les bronchoscopies, la douleur...

Mais aussi l'impuissance, la détresse et l'incompréhension

Il y a aussi le chagrin que j'éprouve quand l'un de mes compagnons de galère s'éteint.

Ce sentiment de culpabilité parce que tout le monde ne gagne pas sa guerre...

Et il y a la vie... Il y a l'amour... Il y a surtout l'amour...

Il ne faut jamais oublier à quel point
c'est difficile pour celui qui souffre.
Mais je n'oublierai jamais la souffrance
des miens.
C'est pour eux que c'est difficile à
présent...

Moi, je n'ai plus peur!
Je suis prête à tolérer toutes les
douleurs et tous les protocoles du
monde pour vivre et non pas survivre.
Je n'ai peur de rien, si ce n'est de ne
pas savoir rendre tout cet amour que
j'ai reçu pendant ces mois d'angoisses.
J'aimerai tant être à la hauteur de cet
amour et ne jamais faillir à ma
promesse.
Celle d'être une très vieille
emmerdeuse aux côtés des êtres qui
me sont chers.
Je ne sais pas si un jour j'aurai les mots
justes pour remercier...
Parfois l'apprentie écrivaine que je suis
manque un peu de vocabulaire...

Merci tout simplement... Il n'y a pas de honte à reconnaître ses faiblesses... La vie est un long parcours du combattant.

Un long chemin parsemé de pièges, d'obstacles et de déceptions, mais un si joli chemin.

Je ne suis plus certaine aujourd'hui que les épreuves rendent fort, dire qu'elles épuisent serait plus proche de la vérité. Nous ne sommes forts que de l'expérience.

De la maladie qui m'a ravagée, je ne retiens que les moments où la douleur se calme...

Où la respiration revient peu à peu... Je ne retiens que les moments d'espoir que j'ai partagés avec mes médecins et ces moments d'amour fou avec les miens.

Je sais juste aujourd'hui que lorsque le corps est abimé, il ne se répare jamais complètement.

La maladie est là dans l'ombre, elle épie la nuit la proie facile que je suis devenue.
Il n'est plus question ni de courage ni de force... Il s'agit juste d'accepter.
C'est comme si mon propre corps me trompait avec cette " salope " de maladie... Elle est sans doute plus "fatale" et plus forte que moi...
Les jours où je maîtrise ce corps faible et infidèle, je redeviens enfin La Femme ...

La maladie a bouleversé ma vie, mais aussi mon regard sur les évènements.

J'étais égoïste et je suis devenue réaliste et sans aucun doute beaucoup plus humble et humaine.

Pendant ces longs mois, j'ai souvent regretté l'absence de mon père.

Je peux affirmer aujourd'hui que je ne me suis jamais sentie aussi seule que pendant ces semaines, ces mois où ma vie ne tenait qu'à un souffle.

J'ai été très entourée par le corps médical, mais personne ne parle assez de la solitude et de la détresse des malades.

Cette impuissance qui nous ronge jours après jours. Ce sentiment étrange que tout peut s'arrêter la nuit même.

J'avais peur de mourir pendant mon sommeil. Une peur presque panique de mourir étouffée.

J'implorais chaque soir l'espoir d'un lendemain meilleur avant de fermer les paupières.

Et chaque soir je m'endormais en pleurant.

Il n'y a pas un psychologue qui puisse comprendre et encore moins apaiser les angoisses d'un être qui a peur de mourir. Ce n'est pas la mort qui fait peur, c'est l'inconnu.

La douleur fait peur, l'hôpital fait peur.

Je me souviens de ces nuits ou je regardais la mort en face. Je me livrais à des jeux sordides, un peu comme si je provoquais la faucheuse.

Il en aura fallu des nuits et des jours pour que je hurle le 'NON' qui allait me sauver la vie.

Je garde cependant une admiration sans limite pour le corps médical.

Médecins, psychologues et infirmières font un travail remarquable. J'ai trouvé auprès d'eux un soutien précieux.

Il a fallu de longues semaines pour que je m'adapte à la maladie, que j'apprenne à apprivoiser mes douleurs.

C'est la BPCO qui m'est le plus pénible, mais je respire… Difficilement certains jours, mais je respire…

J'ai en permanence mal dans les os, des douleurs parfois aigues, parfois lancinantes…

J'ai adapté ma démarche à cela aussi… Seuls mes intimes savent que je boite. Dans la rue, je fais un effort surhumain pour avoir encore une silhouette féminine.

Ma féminité en a pris un sacré coup.

J'ai perdu toute la confiance et l'assurance que j'avais avant d'être souffrante.

Je n'ai plus peur de la mort, plus peur de la souffrance physique.

Mon manque de confiance fait parfois de ma vie un enfer. Cette peur panique de l'abandon et de la trahison.

Je dois sans doute cette phobie à l'attitude infâme de Mathieu pendant les débuts de ma maladie.

Tromper et calomnier une femme malade n'a pas de nom.

De ce traumatisme, j'ai pris la fâcheuse habitude, de taire mes douleurs et cacher mes angoisses.

Au lieu de partager les affres de la maladie à mes proches, je traverse les épreuves à ma façon. Seule avec mes médecins.

Un malade, aussi puissant mentalement soit-il, devient un être faible et sensible.

L'entourage ne voit pas toujours les failles.

''Se plaindre'', ne fait pas partie de notre protocole. Nous sommes seulement dans l'attente d'une grande compréhension et beaucoup de patience.

Nous ne pleurons pas de douleurs, nous versons des larmes de détresse.

En tombant malade, je n'ai jamais songé que j'étais victime d'une injustice. J'ai toléré mon état comme une fatalité. Pourquoi pas moi après tout… Accepter la maladie, c'est déjà la combattre un peu.

MA FAMILLE

J'ai eu avec mon père une relation exceptionnelle.

Il m'a reconnue le jour où il a épousé ma mère. Il m'a donné son nom et ses valeurs et sans doute une partie de son caractère un peu bourru.

Ma mère a rencontré celui qu'elle a épousé et qui allait devenir mon père au ''Mimi pinson'' à Paris.

Elle était magnifique et ressemblait à Brigitte Bardot. Mon père était le sosie de Jacques Dutronc.

Ces deux-là n'avaient rien pour se rencontrer.

Leur univers étaient opposés, et pourtant ils se sont aimés à la folie.

Leur amour était atypique. Ils se complétaient à merveille. Ils 's'éclataient' …

Il l'a trompé une fois, avec sa
secrétaire. Une grande blonde fadasse
et niaise dont il a été certainement fou
amoureux.
Maman souffrait mais en silence. Elle a
appelé cela ''sa crise de la
quarantaine''… J'ai admiré du haut de
mes 20 ans son calme et sa patience.
Elle a attendu que la ''crise'' passe de
la même façon qu'elle était venue
semer le trouble sur leur vie paisible.
La blonde était une grande
manipulatrice sure de son pouvoir sur
mon père aveuglé, je reste persuadée
que mes parents se seraient séparés
sans la compréhension et l'amour de
maman.
Elle avait tout compris, les cris, les
pleurs et les interdictions n'auraient rien
changé. Il fallait laisser passer la
tempête.

Mon père n'a jamais mesuré le mal qu'il nous avait fait avec son amourette. Je dis "nous", car mon frère et moi avons souffert aussi. Sa Ginette fadasse était partout, de toutes les fêtes et de tous les week-ends. C'était insupportable. Je me souviens avoir empêché maman de partir… Et surtout l'avoir supplié de ne dire à personne ce qu'elle vivait au quotidien.

Malgré l'amour inconditionnel que je portais à mon père, je lui en ai beaucoup voulu.

Son coup de cœur nous a tous affecté et cela a mis en danger notre équilibre familial.

Il n'a pas trompé que notre mère, il nous a également mis entre parenthèse pendant cette période délirante.

Nous refusions de le comprendre.

Il a fallu que je sois mariée et que je décide un matin de mai de partir à la rencontre de mon futur amant pour que je ressente à mon tour ce vent de tempête intérieur qui souffle lorsque l'on plonge dans l'interdit...

Et curieusement, seul mon père s'est aperçu très rapidement, que je trompais mon mari… J'étais radieuse… Je respirais l'amour et la sensualité. Je n'étais plus ''mère et épouse'', j'étais ''La Femme''…

Tout naturellement j'ai explosé sexuellement… J'ai enfin laissé mon corps et mes sens s'exprimer…

Aujourd'hui encore, j'ai du mal à cerner ce qui était le plus grisant : La féminité recouvrée, ou bien la jouissance d'avouer rougissante que j'avais un amant.

Je n'ai jamais su cacher la vérité à celui qui était mon époux à l'époque.

Je considérais que cet écart fatal avait mis le point final à notre mariage. Et de façon très naturelle je me déculpabilisais en me convaincant que je n'aurais jamais franchi cette étape si j'avais été heureuse en ménage.

J'ai constaté, non sans en sourire, que je n'avais pas l'ouverture d'esprit de mes parents au même âge.

Ou plus objectivement, que mon couple n'était pas aussi fort que le leur.

Je n'ai aucun regret … Nous vivons notre famille autrement, et j'ai un immense respect pour le père de mes filles.

LETTRES A MON PERE

Papa...

La toute première fois que je me suis adressée à toi c'était avec toute l'arrogance de mes à peine trois ans...

Je suçais mon pouce en tripotant mes longues boucles brunes. Je t'affrontais avec mon regard noir, ce regard furibond que j'ai encore aujourd'hui quand une situation m'échappe.

Tu m'as confiée bien plus tard que mes défis te faisaient rire...

Je voulais que tu racontes aux personnes que nos croisions que nous étions mariés.

Tu marchais dans toutes mes combines.

Plus tard, bien plus tard, je te racontais toutes mes histoires de filles...

Mes complexes, mes soucis avec les garçons. Je ne savais pas trop quoi faire de ce corps trop maigre. Ma silhouette androgyne que je camouflais en te piquant tes chemises et tes pulls.

Cette façon que j'avais de trainer les pieds en baissant la tête ...

Tu me répétais souvent que j'étais jolie mais que je ne savais pas me mettre en valeur.

Je me souviens de mon premier chagrin d'amour. J'avais 15 ans, je t'avais attendu toute la journée, pour le soir m'effondrer contre toi.

Je te répétais que ma vie était finie et que plus jamais je ne pourrai tomber amoureuse. Cela te faisait rire, mais mes chagrins te laissaient un peu désemparé.

J'écoutais "NOUS" d'Hervé Villard en sanglotant dans ma chambre.

Tu as fini par casser en une dizaine de morceaux, mon précieux 45 tours.

Je te racontais toutes mes histoires

d'amour, tu me conseillais, tu virais les prétendants.

Tu ne les aimais pas trop mes "amoureux", tu leur trouvais tous les défauts de la création.

Je me souviens d'un garçon charmant que maman adorait et à qui tu avais fait la promesse de couper les deux mains et le reste soit dit en passant.

Je pense qu'il en tremble encore... Tu me racontais les hommes, tu m'apprenais à devenir une femme.

Tu m'as convaincue que le sexe n'était pas une finalité.

Qu'un homme pouvait être comblé autrement... Tu m'as appris la différence entre désirs et facilité.

J'aimais nos discussions jusqu'à "plus d'heure".

Ces discussions pendant lesquelles tu me parlais de la pudeur et de l'impudeur.

Je peux confesser aujourd'hui, que je ne comprenais pas tous tes messages. C'est bien plus tard...

Des années plus tard que j'ai enfin assimilé ce que tu voulais dire. En fait, tu voulais me faire comprendre que rien dans l'intimité et dans la complicité d'une étreinte amoureuse n'était ni impudique, ni malsaine. Tu m'as avouée un soir, que souvent, tu aurais aimé être femme. Tu étais convaincu que l'érotisme et la sensualité n'appartenaient qu'à la gente féminine. Tu disais que l'homme, n'était que l'instrument de notre plaisir. Que nous étions les maitresses de vos sens.

Aujourd'hui encore, je pense que ton discours était incroyablement gonflé. Quand tu disais ce genre de choses devant tes amis, tu passais pour un fou.

Tu me disais que la femme avait "Le" pouvoir suprême de renverser toutes les situations.

" C'est ton sourire et ton regard qui impressionnent ... pas tes cris de harpie"...

J'aimerais que tu expliques cela à tes petites filles aujourd'hui...

Je fais mon petit chemin, je réfléchis, j'observe... Je ne suce (presque plus jamais...) mon pouce.

J'ai fini par apprivoiser mon corps et vivre avec... Je ne me camoufle plus et mes émotions "trop" féminines ne me font plus peur.

J'avance lentement mais surement. J'essaie, parfois très maladroitement de transmettre à mes filles tout ce que tu m'as si tendrement appris.

Tu étais quand même un sacré

personnage... Je ne sais pas si je deviens celle que tu guidais, je ne sais pas si je deviens ce que tu appelais "une femme bien", une femme ''respectable''. Je m'y emploie...

J'applique tes conseils, je progresse... Tu me manques terriblement... Je t'aime Papa...Toujours tellement fort...

Papa,

Ce que j'ai pu penser à toi pendant ces mois qui viennent de s'écouler... Ce que ta main a pu me manquer les nuits où tout foutait le camp. J'aurais voulu que tu sois là... Que tu me fasses rire pour me faire oublier ce cauchemar. Que tu caresses mes cheveux quand j'avais mal.
Je ne laissais personne m'approcher et je disais que tout allait bien.
Je ne supportais pas les mines complaisantes...
Les gens qui savaient mieux que les toubibs et qui face à mes douleurs me disaient que ça allait passer...
Alors j'ai mené ma petite guerre tranquille dans mon coin... Je serais les dents, comme quand j'étais petite... La tête baissée et les poings serrés...

Cela te faisait rire lorsque j'avais les genoux en sang et que je marmonnais entre mes dents que je n'avais "même" pas mal et que je m'en moquais... J'ai eu mal Papa... J'ai eu tellement mal... La peur fait mal ... La peur, c'est le jour, c'est la nuit...

La nuit, elle prend aux tripes... Elle dévaste le cœur et l'âme... Alors j'ai écrit... J'ai tout écrit sur des grands cahiers... A l'encre mauve...

Tu te souviens de cela ? J'ai essayé avec mon cœur et mes tripes souvent avec mes larmes de raconter...

Avec mes mots, avec mes maladresses, avec mon amour, avec ma colère, avec toutes mes blessures de femme. J'ai failli me perdre Papa...

Cette putain de maladie m'a mise à terre. Seule avec mes petites...

Elles ont été formidables tes petites princesses.

Tu aurais dû voir Claudia s'occuper de moi…

J'ai tellement souffert, j'en ai pris plein la gueule   ...

Ce que ça a été dur sans vous... Vous m'avez tellement manqué Maman et toi...

Vous me manquez tellement. Je vais mieux...

Mais la peur est là toujours... Avec cette sensation que la maladie me guette...

J'ai bien du mal à prendre mon billet aller sans retour pour Le Bonheur.

Je suis abimée Papa... Tu sais, j'ai pris une belle leçon de vie tout de même...

J'aimerais que de là-haut tu veilles sur moi mon Pilou...

Que tu me protèges encore plus fort...

Je sais que si tu étais là tout serait

différent...

Tu aimais ces instants trop rares où je redevenais une petite fille dans tes bras…

Ta petite fille a tellement besoin de toi ce soir... La femme a besoin de son Père... Des mots de son Père…

Des conseils de son Père...

De la main de son Père dans la sienne... Je t'aime Papa…

Papa,

Quand j'étais petite, je voulais me marier avec toi. Je te trouvais 'super beau', 'super fort' …

J'étais en admiration. Je voulais faire du mieux possible pour te faire plaisir. J'aimais quand tu étais fier de moi.

Alors, j'allais te chercher des vers de terre, je faisais des trucs 'd'hommes' pour que tu m'emmènes partout avec toi.

Tu sais, j'avais très peur des vers de terre et des anguilles et tous ces trucs bizarres que je tripotais pour t épater. J'adorais bricoler avec toi, cuisiner avec toi, pêcher avec toi. Tu étais mon héros, et j'étais sure que ça durerait toujours. J'étais une petite fille un peu chipie et une adolescente ingérable. Ah ça tu vois, j'avoue que j'ai eu entre 13 et 18 ans des années un peu difficiles. Je n'en faisais qu'à ma tête.

Tu avais beau hurler, je m'en fichais et je n'hésitais pas à te le faire savoir… maintenant, je peux te l'avouer, je pense que tu avais raison, je me foutais un peu de ta gueule je crois. Je prenais un malin plaisir à te faire sortir de tes gonds.

C'est mon départ à Londres qui a mis fin à mes délires. A la naissance des filles, tu étais tellement heureux. Quand tu disais 'Les enfants de Ma fille', tu avais tout dit. Tu étais tellement touchant quand tu faisais le clown pour tes petites-filles… tu as été un Papa formidable et un grand-père extraordinaire.

Tu étais un homme exceptionnel Papa. Tu étais bon, juste et généreux avec les tiens. Tu étais incroyablement cultivé, c'est fou ça, tu savais tout sur tout.

J'adorais disserter avec toi. Et tu avais ce don de me faire rire aux éclats. Ce que je pouvais rire avec toi. Tes gros mots me faisaient tellement rire. Mais enfin Papa, tu allais les chercher où tes horreurs ??? Maman détestait quand tu parlais mal, et moi ça me comblait de bonheur… J'adorais ça ! Pendant les repas, j'étais toujours assise près de toi et tu me racontais des trucs horribles. C'est toujours moi que Maman finissait par gronder. Elle disait :

- Mais tu n'as pas honte de rire des bêtises de ton père… ce n'est pas digne d'une jeune fille de bonne famille…
Et tu disais bien fort :
- Ah ben je suis désolé mais même dans les bonnes familles une bite, c'est une bite…
Pauvre Maman, ça la désolait.

Papa… tu n'avais pas besoin de nous faire de déclaration… On lisait l'amour dans ton regard… Ton magnifique regard   bleu.

Ce que tu peux me manquer… Dis Papa,

De là-haut, tu vois comme tu me manques ?

J'ai encore tellement besoin de toi parfois…

Je n'accepte pas ton absence Papa…

Je n'y arrive pas…

Tu as vu ?

Je ne trie plus trop dans mon assiette, et j'ai arrêté de fumer.

J'aurais tellement voulu que tu arrêtes toi aussi… Tu as choisi de ne pas guérir, de ne pas te soigner… tu as choisi d'aller rejoindre Maman… Tu l'aimais tellement.

Continue de veiller sur nous mon Pilou… Dors tranquille, je ne t'en veux plus, je ne t'en veux pas…

Dors tranquille mon Papa… Je bataille dur parce que c'est ce que tu aurais voulu…

Je t'aime Papa et quand on se trouvera un jour…Le plus tard possible…on se boira une bonne bouteille et on dira des gros mots pour faire gueuler Maman…

Dors tranquille mon Pilou…

Une dernière chose Papa, quand je déconne, n'essaie pas de te retourner… Tu ne peux pas… Tu es trop gros…

Je t'embrasse fort Papa…

Je me souviens des Noëls en famille.

C'était magique. Maman nous couvrait de cadeaux, rien n'était trop beau pour ses enfants et pour ses petites filles.

Les repas étaient dignes d'un grand restaurant.

Du plus loin que je puisse me souvenir, j'ai toujours été assise à côté de mon père. J'organisais son assiette, lui faisais des tartines de foie gras…

Et il y avait toujours cet instant où il m'obligeait à gouter une huitre. C'était un rituel, Je détestais cela et pourtant, pour lui faire plaisir je me livrais à son petit caprice.

Entre chaque plat, nous chantions, nous dansions. Mon frère et moi faisions le show pour le plus grand bonheur de nos parents et de nos filles.

Et puis j'aimais danser avec mon père, le rock, les slows, les tangos pendant lesquels je faisais n'importe quoi pour le faire rire. Notre complicité… Notre amour… Cet amour immense qui nous portait.

Souvent, maman était un peu jalouse du lien que nous avions lui et moi. Elle disait que seul mon père comptait à mes yeux.

Non Maman… J'ai aimé ton amoureux de toutes mes forces certes, mais tu comptais aussi… Je t'aimais aussi Maman… Et je t'aime encore…

Je ne savais pas te le dire, et je n'arrivais pas à te le montrer.

Les mots sont venus après… Plus tard…Trop tard…

Je nous en veux de tout ce temps perdu… Ce temps qui ne reviendra jamais…

J'ai pris le temps avec Papa de tout lui dire, y compris ce qu'il refusait d'entendre ou de comprendre.

Avec toi Maman, il n'y avait pas de nuance… Il fallait marcher sur ton chemin… Et je marchais là où me posait le vent… Ou plus souvent, là où je décidais que le vent me pose.

Je refusais l'autorité et plus particulièrement la tienne.

Il n'y aura plus jamais de Noël, de fêtes en chantant… De larmes dans nos rires... Il n'y aura plus jamais de rendez-vous… Mais il restera ce 'NOUS' qui faisait notre famille. Il y aura toujours cet amour que je n'ai pas su te donner en retour… Tu te souviens Maman, dans mes prières, lors de la dernière nuit à caresser ta main, je t'ai expliqué que l'amour ne meurt jamais…

Et aujourd'hui je peux écrire que ce sixième Noël sans toi me rappelle à notre amour… Que tous les Noëls de ma vie me rappelleront à ce Nous qui ne mourra jamais vraiment…

Ma mère m'a appris la douceur et la tendresse ... Elle m'a appris à faire ces gestes qui caressent le cœur et qui apaisent les soirs de tempêtes. Les femmes de notre famille s'interdisent la vulgarité. Nous sommes Femmes, Epouse, Mère, Maitresse, Amie... Nous avons la valeur des sentiments et y mettons toute notre sincérité.

Mon père m'a appris la force... La rage de résister et de vaincre. Il m'a appris à me relever de tout, à taire mes souffrances et mes blessures... Mon père disait que pour séduire un homme, il faut l'apprendre... Le regarder... Et l'aimer avant de s'aimer soi-même.

Il m'a appris à pardonner les maladresses masculines et à en rire. "Sois l'épaule fragile et forte à la fois sur laquelle il sait qu'il peut s'assoupir quand il est épuisé" ... L'épaule... une histoire de famille, encore et toujours... J'ai eu cette chance immense d'avoir grandi entre ces deux êtres exceptionnels.

J'ai aimé chacun des membres de ma famille. J'ai cette chance d'avoir évolué au sein d'une famille formidable. Complètement timbrée, mais néanmoins formidable.

Mes grands-pères…

Jean-Baptiste Evrard et Marcel Rebillet.

Jean-Baptiste était charcutier-traiteur, il n'a jamais épousé Marie-Louise. Il lui a fait trois enfants.

C'était un vrai tendre, un peu porté sur le vin rouge bon marché.

Lorsqu'il m'a vue la première fois, je n'étais que la fille de la fiancée de son fils cadet, Claude.

Ce fut un coup de foudre… Un vrai coup de foudre.

Mon Papy, c'était mon amour. J'étais si petite.

Il était tendre, drôle, émouvant.

Il nous a quittés en 1969, j'ai l'impression que je le cherche encore.

Et puis mon grand-père maternel, Marcel…

Ah…Marcel Rebillet…

Toute une histoire…

Il fut un père et un mari tyrannique…
Deux épouses que tout opposait.
France, ma grand-mère espagnole, fille
de Guillermo Timonere De la Rubia De
Subia…
Descendant de la noblesse espagnole et
réfugié politique et de Mémé
Robinson… Robinson comme Crusoé…
Et puis Simone, Mamy Croquette…
Riche héritière parisienne…
Insouciante, alcoolique et adorable…
Aimante…
Elle n'était qu'amour et douceur…
Elle a aimé les enfants et les petits
enfants de Marcel, comme s'ils étaient
les siens, en cela je la trouve admirable.
Quand je suis arrivée au monde, nous
ne vivions pas à l'époque des familles
recomposées.

Marcel a fait en sorte que je grandisse au milieu de deux mamies. Avec des Noëls, des anniversaires...

Elles n'avaient plus le droit ni de se disputer, ni de se jalouser. C'était un concept très avant-gardiste.

Elles ont été formidables...

Nous n'appelions pas notre 'Grand-père', Ni Pépé, ni Pépère... Nous ne le trouvions pas très grand, alors, très logiquement, nous l'avons appelé : ' Gros père'...

Il était une sorte de saltimbanque... Il avait acheté un théâtre et fréquentait les chanteurs, les comédiens... Il connaissait tout le monde...

Et 'tout ce beau monde' dinait à sa table. J'étais quant à moi, son 'amour', sa 'reine'...

Il était le pire comme le meilleur.

Ce qui est certain, c'est que les personnes qui ont un jour dans leur vie, croisé Marcel Rebillet, ne l'oublieront jamais.

Je lui dois mon caractère un peu volcanique, mes colères et mon gout pour la fête et les potes.

Mais aussi, mon côté bohème et artiste… Je suis une vraie Rebillet avec le cœur des Evrard.

A Mon Oncle Gilbert Marc Rebillet …

Mon Chéri,

Te souviens-tu de cet été étouffant ? Cet été 1965, pendant lequel tu as pris ton rôle de grand frère à bras le corps, avec toute la force et le courage qui te caractérisent.

Tu as été le premier à serrer contre ton cœur ce petit bout d'amour dont seuls toi et maman désiraient l'arrivée... Tu as été déclarer cette toute petite fille

à la Mairie du 16 ème arrondissement.
Tu es revenu auprès de ta petite sœur.
Ta sublime Martine que tu adorais...
Tu lui as annoncé fièrement que son
bébé tout de rose vêtu se nommait
officiellement :

Thérèse - Sidonie Rebillet...
Elle te hurlait dessus, comme elle
savait si bien le faire...Alors pour
apaiser ses cris et ses larmes tu as
rectifié, et entre deux éclats de rire, tu
lui as dit la vérité…

" Elle s'appelle Sandrine-Laure -
Sidonie Rebillet.
Sidonie... Référence à une vielle
chanson que vous affectionniez...

Tu disais : " Elle sera très belle, elle
aura plus d'un amant"…
Tu es devenu mon parrain...
J'ai envie de te raconter notre histoire
Tonton, ces bribes de nos vies qui se
sont évaporées de ta mémoire.

Je t'admirais… Toi… Le brillant homme d'affaire que tu étais… L'oncle … Le confident…

Je suis toujours la rebelle de notre famille Tonton…

Cela te faisait sourire, je ne voulais ni obéir, ni marcher au pas…

J'écris Tonton, en signant de notre nom dont tu es tellement fier…

Tu ne liras pas ces mots… Nous serons ta mémoire… Nous t'aimons…

LAURENT

J'ai mis du temps à oublier ces mois de souffrances auprès de cet égoïste.

J'étais certaine d'avoir fermé mon cœur.

J'étais en ce début de mois de juin en pleine remise en question, je regardais de loin, Mathieu mettre ma vie en morceaux.

J'étais un peu perdue…

Il est arrivé dans ma vie comme un boulet de canon. Notre premier échange sur le célèbre réseau social a été très violent.

Il n'était pas particulièrement mon genre physiquement, mais il m'attirait tel un papillon dans la lumière… Sa lumière…

Je le surnommais ''Le Gentil Corse'.

Nous avons beaucoup échangé.

Les Messages Privés, les SMS, le téléphone.

Je suis rapidement devenue addicte à sa voix, à ses mots, à son accent.

Il me faisait rêver.

Avec lui ma vie avait un sens.

Il reportait régulièrement notre première rencontre.

Je ne me méfiais de rien, je buvais ses paroles.

Nous passions nos journées au téléphone et une bonne partie de nos nuits sur internet.

Je ne lui posais aucune question sur sa vie. Il écrivait…

Nous avions en commun le gout des mots.

Malgré la distance et l'ambiguïté de nos amours virtuels Laurent s'imposait dans ma vie telle une évidence.

Cette relation naissante était comme un second souffle, une seconde chance de croquer la vie.

J'ai bataillé tout l'été pour me sentir mieux, pour gagner une partie de mon combat contre la maladie afin de pouvoir lui promettre un chemin de vie à deux.

Sur le célèbre réseau social, nous sommes devenus ''le Couple Glamour'' de cet été 2015.

Cela m'amusait d'être ''la femme par procuration'' du Corse, même si mes lèvres brulaient de ne pouvoir lui donner ces baisers dont je rêvais.

Chaque nuit, je devinais la chaleur de ses mains sur ma peau, je rêvais nos futures étreintes torrides.

Je m'endormais épuisée et ravie de cette sensualité recouvrée.

C'est en septembre, que les médecins m'ont annoncée une trêve… La maladie s'était mise en sourdine…

Mon bilan sanguin était excellent… Je respirais… je marchais… Il m'arrivait même de courir… Je vivais…

L'amour avait triomphé.

Il me tardait de le rencontrer et de m'abandonner enfin contre ce corps que j'avais tant rêvé.

Un soir d'octobre, Laurent m'a enfin tout dit de sa vie.

J'ai tout appris le bon comme le pire.

J'ai beaucoup pleuré.

Il vivait depuis deux ans en couple. J'étais effondrée.

Il m'a fallu 24 heures pour digérer, pour accepter.

Je n'avais pas le droit de lui en vouloir, je n'avais jamais posé les bonnes questions.

Quant à lui, sa décision était prise depuis le début de notre relation, il lui fallait du temps.

Notre complicité s'est renforcée, et tout naturellement je lui ai proposé de venir le rencontrer avec au cœur le tendre espoir de rentrer avec lui.

Je n'oublierai jamais les battements de mon cœur lorsque je l'ai aperçu au loin sur le quai de la gare.

Arrivée à ses côtés, je n'ai pas osé le regarder.

Laurent mesure environ 1m86, c'est un géant… Il en impose… sa carrure, son aura…

Il ne laisse personne indifférent.

Le lendemain, nous avons pris le train dans l'autre sens, et sommes rentrés ''chez nous''.

Il a fallu s'habituer... S'apprendre... Se comprendre.
Nous sommes un couple atypique.
Ça passait, ou ça cassait.
Je n'imagine plus ma vie sans Laurent, sans ses coups de gueules et ses cris d'amour.
Nous avons des projets ensemble, des souvenirs ensemble et notre vie ensemble.

Et Je dirai à mes filles…

Mes Princesses,

Vous saurez que vous êtes éperdument amoureuses lorsque vous n'aurez plus peur.
Plus peur de le perdre, plus peur qu'on ne vous arrache à cet amour.
Vous saurez d'instinct le parfum de sa peau et le gout salé de ses baisers.
Vous devinerez sous vos paupières closes la chaleur et la douceur de ses mains...
Vous reconnaitrez son souffle court lorsque dans un cri d'amour, il viendra mourir au creux de votre ventre une nuit d'été.   .
Vous reconnaîtrez cet amour, absolu et passionné lorsque votre cœur vous jouera la mélodie de ses mots les plus doux... Les plus tendres...

Les plus violents parfois aussi. Cet amour, qui balayera tous les autres, cet amour qui vous donnera l'envie de le prendre à pleine bouche, à plein cœur... Cet amour qui de sa force et de sa beauté vous semblera être le tout premier.

Cet amour qui accrochera à vos lèvres votre plus beau sourire. Cet amour qui vous fera déplacer les montagnes...

Vous le dessinerez de votre infaillible intuition de femme et vous le vivrez à l'infini ...

Parce que vous êtes des Femmes mes Filles…

Ne laissez pas, mes chéries, vos sentiments étouffer votre amour... Il vaut mieux se contenter d'un mutuel partage que de s'étrangler à jalouser son passé. Ce passé qui ne vous appartient pas et qui ne vous regarde pas. Se satisfaire du présent, c'est déjà lui accorder ce dont il a besoin pour vous réaliser : Votre absolue confiance en lui et votre amour exclusif et pur. Moquez-vous royalement de ses "ex et de ses futures...

Lorsque ses mots et ses gestes sont à vous, le reste n'a pas d'importance.
La jalousie et toutes les crises qui vont avec, ne sont pas des preuves d'amour.
La confiance est la seule preuve d'amour qu'il soit...
Bien-sûr c'est énervant....

Bien-sûr il y a mille et une tentations...

Bien-sûr, vous ne serez jamais la plus jolie, la plus attirante...

La plus brillante...

L'essentiel, est ce que vous êtes dans ses yeux...

L'important est la femme que son regard révèle...

Se laisser porter par ce regard est la clé de votre vie amoureuse. J'ai, très jeune fait des crises à la limite de la pathologie....

J'ai croisé des hommes qui se délectent de nos larmes et de nos angoisses...

Ces hommes qui font de nos failles leurs armes...

Et puis au-delà de la mesquinerie et de la bêtise, il y a celui qui vous rendra sure de vous et de lui...

Celui-là seulement vous méritera...

Mes amours, Mes toutes petites... Mes filles...

Comment vous apprendre à n'écouter que votre cœur ?

Vous savez ce battement ?

Ce battement qui n'appartient qu'à lui...
Je connais les hommes, j'ai connu des
hommes....

 Et puis un jour...

Il y a CET homme, qui n'est pas fait pour
vous, qui n'est pas à vous, qui n'est pas
votre " genre", et qui devient VOTRE
homme...

Celui pour qui vous serez capable de
tout...

Celui qui ne connait pas les mots qui
vous rassurent...

Celui qui vous rend dingue...

Celui qui vous rend malade de jalousie...
Celui qui vous fait fondre malgré tout...
Celui dont les mots d'amour sont aussi
rares qu'une rose dans le désert...
Celui qui vous fait rire aux éclats et
involontairement, pleurer des rivières.
Celui dont la voix vous caresse...

Celui dont l'amour vous donne des ailes...

Cet homme exceptionnel qui de sa voix vous rassure...

Qui d'un mot vous apaise...

Qu'importe son nom…

Qu'importe qui il est...

A L'instant où vous le rencontrerez ...

Alors ... Vous serez des Femmes...

Mes Filles...

La jalousie n'est pas une preuve de votre amour...

A 20 ans, j'étais à la limite de l'hystérie. Il faut dire aussi que j'avais l'art et la manière de tomber sur des jeunes hommes qui prenaient un réel plaisir à me rendre folle.

Au petit jeu du 'pétage' de plomb, j'étais la championne du monde.

J'ai dû malheureusement, à causes de mes angoisses, passer à côté de magnifiques histoires, et user la patience de quelques innocents Roméo.

La jalousie, est je le pense sincèrement aujourd'hui la gangrène de l'amour... Vivez l'instant présent, l'instant magique où il ne regarde que vous. Ce n'est pas très important ces messages qu'il échange avec d'autres. Apprenez à faire la part des choses.

Ce qu'il fait devant vous est de l'ordre de l'honnêteté, ce qu'il vous cache pour ne pas vous blesser, cela s'appelle tout simplement de l'amour…

Ainsi, il y a deux sortes de mensonges,

Il y a celui qu'il vous fera, juste pour vous protéger et celui, le plus vilain, qu'il fera par vice, dans le seul but de vous regarder souffrir... Ou plus simplement pour vous indiquer la porte de sortie. L'amour se construit jours après jours, semaines après semaines.

On ne change pas celui que son cœur a choisi ...

De la même façon qu'aucun homme au monde ne parviendra à vous changer...

Il vous rendra plus jolie, plus souriante, plus douce, plus tolérante, mais ne changera jamais la femme que vous êtes.

L'amour se mérite… Vous ne recevrez

qu'à l'égal de ce que vous donnez...
L'harmonie et la confiance se méritent...
Soyez des femmes avant de devenir la
sienne. A vous et à vous seules de faire
en sorte, non qu'il ne voit que vous mais
qu'il ne rêve que de vous.

Laissez sur ses lèvres l'empreinte de
votre respect et de votre douceur…
N'oubliez jamais que votre gloss est
périssable...
Je vous souhaite de toutes mes forces
de rencontrer celui qui vous dira qu'il
s'emploie chaque jour à vous dessiner
un avenir à deux...
Soyez patientes, fidèles, douces et
sincères...
Et alors, vous serez des femmes mes
filles...

LETTRE A LEA *

Ma Lélette, Ma Léa d'Amour, Ma Grande Fille

A l'âge de 21 ans un médecin parisien m'a annoncée que je ne pourrais jamais avoir de bébé. Alors en ce début de printemps 1993, lorsque l'obstétricien des Urgences de l'hôpital de Pontoise m'a fait écouter ton petit cœur, je pense que pouvoir affirmer que ce fut le plus bel instant de ma vie... J'allais être ''Maman''.

Je t'ai attendue avec une impatience que tu ne soupçonnes pas ma chérie. Tu as montré, ton magnifique petit bout de nez le 5 octobre 1993 à 5h33... Trois petits kilos d'amour et des pieds immenses... Tu étais en avance sur tout, tu étais adorable. Tu es vite devenue l'élément ''non-négociable'' de tes grands-parents. Ils étaient fous de toi.

Je t'ai toujours traitée comme une grande, tu n'avais que vingt mois lorsque que Coco est venue au monde, donc très logiquement tu étais un peu la "chef". Tu prenais ton rôle de "grande sœur" très au sérieux. Tu étais une petite fille délicieuse, drôle, pleine de malice et de gaité. Tu m'as un peu martyrisée pendant ton adolescence... Tu te souviens de mes colères pendant cette période ?

Tu me rendais folle.
Et puis tu es devenue une adorable jeune femme, belle, brillante, courageuse... Ah ton courage mon amour... Je demande souvent où tu puises cette force. Je t'ai vu traverser nos épreuves avec un tel calme, une telle dignité... J'ai beaucoup d'admiration pour toi Léa.
Nous nous racontons tout, nous rions de tout, nous pleurons de tout.

Nous nous aimons plus que tout. Ma Léa, je sais tellement que tu souffres de me savoir malade, c'est tellement pénible pour toi. Quand tu craques et que je perçois les sanglots dans ta voix, je suis déchirée, brisée. J'ai envie de te dire que ça va aller, parce que je suis une Rebillet et que je ne veux pas laisser cette saloperie de cancer me mettre à terre. C'est impossible... Je vous aime de trop… Promets-moi de ne plus pleurer et de ne plus avoir peur … Ma Léa, je suis sûre que tu seras une maman extraordinaire…

Tu n'es qu'amour et tendresse … Je t'aime fort ma douce Léa…

Et n'oublie jamais que les Anges pleurent des roses et de la pluie…

Ne change jamais, reste toujours cette jeune femme merveilleuse que tu es.

Fais toujours ce qui te semble juste et bon. Sois gentille et tendre, patiente et câline...

Sois une femme tout simplement ma fille...

Je te couvre de mes plus doux baisers Ta Maman...

(*) extrait tiré de : " Regarde-Toi... Je ne veux pas mourir "

LETTRE A CLAUDIA *

Mon Amour, Mon tout petit bébé, Mon Mouzie,
Quand j'ai su que je t'attendais, enfin que je vous attendais, j'étais folle de joie. Des faux jumeaux... Ce n'était que du bonheur. Ta grande sœur n'avait que onze mois, le début de ma grossesse a été un peu fatigant, mais j'étais tellement heureuse que je m'en fichais. Un soir pourtant, j'ai perdu ton petit frère... Tu n'imagines pas mon chagrin et ma détresse. Mon amour, ce petit frère dont un jour, alors que tu n'avais que 3 ans du m'as demandé avec ta petite voix cassée :
- Maman, il est où mon autre Claudia ?

Tu étais si petite, et j'ai dû te raconter ton petit frère, ma fausse-couche, mon drame, la blessure de ma vie. Une

blessure qui ne s'est jamais refermée.
Je pense souvent à ce tout petit garçon, dans mon cœur il s'appelle toujours 'Jean-Baptiste' comme votre arrière-grand-père.
Une autre fois, tu devais avoir cinq ou six ans, tu étais sur le canapé avec ton biberon et ton affreux Nano tout cracra et soudain tu m'as dit :
- Mais maman, toi qui fais toujours attention à nous, comment tu as pu perdre un bébé, tu ne te souviens vraiment plus où tu l'as posé ?
Je sais tellement que tu souffres de son absence.

C'est sans doute pour cela que tu t'entoures de copains et que tu t'entends si bien avec les garçons de ton âge.
Je suis fière de toi ma Claudia, la petite fille un peu capricieuse et désobéissante que tu étais, est devenue une exquise jeune femme.

Ton cœur est aussi beau que ton petit minois. Tu es douce, brillante, drôle…

Tu es une sacrée petite bonne-femme. Ma Coco, tu es tellement courageuse !

A la mort de ta mamie adorée, je n'oublierai jamais avec quelle tendresse et quelle douceur tu as consolé ton Pilou et ton Tonton. Il y a tellement de forces en toi, tellement de courage et d'amour. Tellement de souffrances déjà malgré ton tout jeune âge.

Je pense à ton cher Clément ma puce.

Cette douleur enfouie en toi depuis ce mois d'aout maudit où Clément est parti au paradis rejoindre ceux que tu as tant aimés.

Ma Coco d'amour, il y a aussi, il y a surtout notre si grande complicité. Tu es un rayon de soleil.

Ces soirées de grands délires pendant lesquelles un rien nous amuse.

Ces nuits où tu m'empêches de dormir parce que tu ronfles !

Oui Ma merveille, tu ronfles comme un homme...

Je sais tout de toi... Même ces fois ou tu pleures quand tu raccroches le téléphone. Je sais comme tu te fais du souci mon petit amour. Si je me bats comme une lionne c'est avant tout pour toi et ta sœur. Je gagnerai cette guerre mon amour, parce que l'idée de vous abandonner m'est insupportable. J'aime déjà les ''petits bouts de vous'' qui viendront au monde. Je t'aime Claudia, je t'aime de toutes mes forces.

Promets-moi de rester la jeune femme exceptionnelle que tu es.

Ne laisse personne briser ton grand cœur.

Je te serre fort contre moi et n'oublie jamais qui tu es...

Je t'embrasse avec toute ma tendresse.

Maman

(*) Extrait de : « Regarde toi... je ne veux pas mourir)

103

J'aimerais que l'amour ne dévaste pas le cœur sensible de mes filles. Il est très difficile de gérer leurs premiers émois. Chaque déception, au court de leurs premiers balbutiements amoureux, prend des proportions souvent démesurées. Il n'est pas facile de leur apprendre les nuances, et dédramatiser ce qui pour ces jeunes gens tiens une importance fondamentale.

L'amour... L'amour toujours...
L'amour pour qui... L'amour pour quoi...
Je suis une éternelle amoureuse...

Amoureuse de la vie, de vous mes filles, et depuis quelques mois d'un homme unique qui a su mettre les mots sur mes peurs...
Un homme qui ne savait pas que je lui

annoncerais une rémission à ma maladie...

Et qui pourtant aimait déjà la femme souffrante que j'étais. L'amour se construit et ne décrète pas... Ah ...Le coup de foudre... Oui cinq minutes... Mais L'amour, le vrai, c'est le bonheur, et le bonheur ne s'improvise pas, il s'organise... Jours après jours ... Une pierre après l'autre... Faire l'amour, c'est cela aussi... le construire... Les caresses ne sont qu'un plaisir qui apaise le soir quand le sommeil ne vient pas. Lorsque j'étais malade, on me demandait si je parvenais à "faire l'amour"... Aujourd'hui on me demande si enfin " je m'éclate " de nouveau sexuellement...

Quel drôle de question... L'homme de ma vie répondrait que je fais l'autruche

et nous en ririons ensemble...
Ma sexualité n'a pas une importance telle qu'il faille que je m'en justifie.
Je construis, je réalise, je projette, j'aime...
Alors, oui, il m'arrive de faire l'amour.
Et je suis même capable d'imaginer mille ans d'amour en une nuit...
Il y a des mots, des faits qui valent toutes les caresses du monde...
Il suffit de revenir d'où nous venons pour le concevoir...

"L'amour, c'est n'avoir jamais à dire qu'on est désolé" (E. Segal). Rien n'est plus beau, plus fort que la magie de l'amour...

L'amour c'est avoir envie de s'endormir contre lui. C'est souhaiter plus que tout d'être réveillée chaque matin par la douceur de ses baisers au bord de vos lèvres…

L'amour c'est prendre la main tendue et la garder le plus longtemps possible …

L'amour, c'est rêver, respirer, marcher, avancer, rire, construire à deux...

L'amour, c'est pardonner... Pardonner parce lorsque l'on s'aime tout est pardonnable.

L'amour, c'est imaginer une vie à deux et ne pouvoir concevoir sa vie sans l'autre.

L'amour c'est réaliser une nuit qu'il n'y a plus deux êtres mais un seul cœur…

Un seul corps...

L'amour, c'est quand je deviens vulgaire, ordinaire et tristement banale parce que j'ai tout simplement peur de te perdre...
L'amour c'est t'écouter et te comprendre...

C'est quand tu acceptes mes différences, nos différences, ma différence.

Quand tu ne dis plus " Je", mais " Nous" ...
L'amour, c'est quand la peur nous rassemble...

Quand ensemble, nous n'avons plus peur de rien ni de personne...
L'amour c'est quand je ne supporte plus ces nuits où tu n'es pas...

Ces matins "chagrins" que je voudrais "câlins" dans tes bras...
L'amour c'est quand les sanglots dans ta voix me rappellent que ce j'ai aimé la première fois, c'est TOI...

Quand tes faiblesses deviennent ta force...

L'amour, c'est quand je ne prends pas le temps de graver nos deux prénoms sur l'écorce d'un arbre et que de façon très impudique je nous écris sur un mur…

Parce que je veux tout simplement nous vivre...

Je suis sure que c'est cela l'amour...

Petite fille, j'observais, toujours en silence...

Ces fameux silences qui laissent penser que je me moque de tout. Ces heures, ces jours entiers parfois pendant lesquels je ne réponds plus au téléphone.
J'ai pris depuis l'enfance l'habitude de rire ou de sourire de tout... Mes colères sont rares mais redoutables...
Mon père disait qu'Il fallait se méfier des sourires de l'ange... Qu'ils masquaient la tempête.
Quand je suis devenue une femme, j'ai fait le choix d'assumer "mes choix",

et de les assumer à 200%. J'ai choisi ma vie... Mon job... Mes hommes, le prénom de mes filles... Je me suis plantée parfois, mais je n'ai jamais eu à rougir de m'être trompée. La seule chose que je n'ai pas choisie, est de tomber malade... J'ai juste pris une option pour la guérison. J'ai fait de ma fragilité ma force... Derrières mes sourires, il y a un roc... J'observe... Toujours en silence... Je fais semblant de ne pas savoir ou de ne pas comprendre... Une autre façon de faire le choix d'avoir la paix... J'ai appris à mes filles comment revêtir l'armure... Comment s'économiser ... Comment ne pas perdre un temps précieux avec ce qui n'en vaut pas la peine...

Je leur ai appris la valeur d'une parole donnée...

Souvent Je regarde mes mains, et je compte mes amis sur mes doigts... Mes amis, sont ceux à qui un jour j'ai dit que je ne les lâcherais jamais...

Ils savent, ils se reconnaitront... Je n'ai jamais écouté que mon cœur et celui des miens... Je ne sais pas faire autrement...

Il n'y a pas d'examen de passage pour faire partie des miens...

Je le sais au premier échange, au premier regard...
Je ne trahirai jamais l'un des miens...
Dans une société d'hypocrisies et de mensonges, j'ai fait mes choix... Que l'on m'explique où commence le mal et où finit le bien et ensuite je verrai... Mais le saura-t-on jamais...

Au quotidien, je m'efforce de mettre mes filles, pourtant adultes, en garde contre les chimères des réseaux sociaux.

Je m'y suis moi-même brûlée les ailes autrefois.

Je me souviens d'une'' Shoshana'', très jolie quadra, qui convoitait après le même comédien que moi.

Je la jalousais un peu... Elle était drôle, très populaire et elle semblait brillante.

Nous avons sympathisé très vite.

Elle m'accaparait, me baratinait ; et pour me prouver sa grande amitié, m'empruntait de l'argent…

Je lui ai proposé un toit, du travail…

Non ce qu'elle voulait, c'était de ''l'arnaque'' facile.

Shoshana avait tous les problèmes possibles et imaginables.

Cette pitoyable mythomane a même été jusqu'à s'inventer un cancer de la gorge pour ne pas me rendre ce qu'elle me devait. Nous sommes en deux ans, passées de la mort de sa mère, à ses chagrins d'amour, à son statut de SDF, mais aussi, à ses ''suicides'' en direct sur le célèbre réseau social.

Shoshana, la belle, que je n'ai d'ailleurs jamais pu rencontrer, est en réalité une pauvre idiote sans culture et beaucoup moins jolie que sur ses photos retouchées.

Une bien triste mais néanmoins commune expérience.

Tout est possible au travers d'un écran. N'importe qui peut s'inventer une vie et donner l'illusion de l'amour et de l'amitié. Et nous sommes nombreux à avoir croisé sur le net toutes sortes d'escrocs…

J'aimerais transmettre à mes filles le gout de l'écriture.

Ecrire, c'est se mettre à nu, c'est se déshabiller lentement au fil des mots et des pages.

L'écriture est impudique …

Mes lecteurs savent tout ou presque de moi et je ne connais même pas leur prénom.

Enfant, je laissais des petits billets griffonnés à mes parents à mon frère, à tout mon entourage.

Oralement, je ne trouvais jamais les bonnes formules pour m'exprimer.

A l'adolescence je couchais sur du papier parfumé mes premières émotions. Il m'est arrivé de relire mes toutes premières lettres d'amour... Mais aussi les billets doux que j'échangeais avec mon père…

Je me souviens d'un échange sur une copie d'écolier que maman avait gardé précieusement :

- Papa, je voudrais partir au Cap d'Agde en camping cet été. Je sais que tu vas dire non, mais je te jure qu'après je ne te demanderai plus jamais rien
- Non
- S'il te plait Papa, je veux bien partir avec mon frère et il n'y aura pas de garçon ni de fille, on ne sortira avec personne. Et mon Frère me surveillera.
- Non
- On ne boira pas d'alcool et on ne fumera pas. On n'ira pas en boite de nuit et je te jure sur ta tête qu'on se couchera de bonne heure.
- Non

- Je t'en supplie papa dis oui !!!
- Non
- Mais pourquoi Papa ???
- Parce qu'avec ton programme, ton frère va faire une dépression, il n'a rien demandé lui.
- S'il te plait papa !!!
- Perds cette habitude d'écrire toutes tes conneries, parle-moi de vos vacances de 'scout' en me regardant dans les yeux. P.S : Jure sur autre tête que la mienne à l'avenir...
- Quand je te parle, tu me cries dessus. Est-ce que tu pourrais nous donner des sous pour les vacances ?
- Les yeux dans les yeux !!!! Demain soir !!!! P.S : Merde !!!!
- On va partir alors ???

- Non ... P.S : Merde !!!

Aujourd'hui, j'imagine avec le sourire, l'amusement de mes parents, et le doux plaisir que mon père devait ressentir face à ma maladresse de toute jeune femme... J'avais 19 ans...

A l'écrit, tout peut être dit, il n'y a pas d'interdit.
Les mots sont le meilleur remède aux maux...

Epilogue

Mon Amour,

Nous avons si souvent échangé à l'écrit que je n'avais pas réalisé qu'en fait je ne t'avais jamais adressé une vraie lettre...
Lorsqu' au printemps 2015 tu es entré dans ma vie, ce fut comme une tempête...
J'ai très vite compris que j'étais en train de tomber amoureuse te toi... De ton rire, de tes colères auxquelles je ne comprenais rien, de tes silences, de tes mots tendres que tu laissais de-ci delà...
Avec toi, j'avais l'impression de redevenir une femme.
Nous parlions de la maladie, mais tu m'apprenais à en sourire...
Il me tardait de te rencontrer, d'être dans tes bras...

Au fil des semaines, je n'avais jamais de réponses à mes questions… Le voile ne se levait jamais sur tous tes mystères.

Notre première rencontre fut à la hauteur de notre folie douce… Notre évidence… Notre soif de ne plus jamais se quitter… Notre vie ensemble… Nos différences… Nos décalages… Nos débats sur les mots jusqu'à l'aube…

Mes silences que tu ne comprenais pas… Et puis la maladie, qui régulièrement se rappelle à nous.

Je t'ai appris les gestes qui sont mon quotidien pour que je puisse respirer et vivre comme une femme normale.

Je t'ai appris, du moins j'ai essayé, de t'apprendre ma cadence… Marcher lentement, pas de cris… Pas de stress...

Nous nous sommes adaptés mutuellement l'un à l'autre.

Tu vis la nuit…

121

C'est la nuit que je me ressource et que je puise la force pour que mes journées ne soient pas trop pénibles.

J'ai besoin d'air frais dans la chambre pour entretenir mon souffle si fragile…

Je t'avais dit et redit comme il était compliqué de vivre à mes côtés… Mes repas… Mon anorexie… Ma fatigue… Ma détresse et mon impuissance quand le matin tout fout le camp.

J'ai pardonné tes démons à la force de mon amour… Seras-tu assez fort pour pardonner mes faiblesses…

Saurons-nous comme hier avancer et gagner ensemble ?

Plus l'amour est grand et plus il parait compliqué de le préserver et de le faire grandir encore.

Nous ne pouvons-nous aimer davantage, serait-il possible de nous aimer mieux ?

J'ai gardé en moi les espoirs les plus fous... Si tu savais comme j'ai envie que tu me fasses rire encore jusqu'au petit matin... Avec tes délires, tes mots que je ne connais pas, tes histoires à dormir debout... Et cet accent de nulle part qui n'appartient qu'à toi...

Avec les semaines et les mois, avec nos coups de gueules et nos coups de cœur, l'idée de vivre à tes côtés pendant les vingt prochaines années de ma vie a lentement fait son chemin.
J'aime cette existence à tes côtés, même si nos disputes me laissent épuisée et terriblement triste.
Par soucis d'honnêteté et sans doute aussi par amour, tu as pris l'habitude de tout me dire et de ne m'épargner aucun épisode de ta vie.

Ce n'est pas toujours simple de te
suivre. Tu seras sans doute mon plus
beau roman, tu es déjà ma vie...
C'est ta complexité, ta folie et ton
charisme qui me fascinent et je peux en
toutes connaissances de cause
revendiquer ce soir que tu es le risque
que je veux prendre...

Edition : BoD - Books on Demand
12/14 rond-point des Champs Elysées, 75008 Paris
Imprimé par Books on Demand GmbH, Norderstedt, Allemagne
ISBN : 9782810627509
Dépôt légal : Février 2016